Marlene Krisper · Das *ordentliche* Leben der Marlen Haushofer

Marlene Kripser

Das *ordentliche* Leben der Marlen Haushofer

Ein Essay

Ennsthaler Verlag Steyr

www.ennsthaler.at

ISBN 978-3-85068-834-5

Marlene Krisper . Das *ordentliche* Leben der Marlen Haushofer

Ennsthaler Gesellschaft m.b.H. & Co KG, 4400 Steyr, Österreich
Umschlag und Satz: DIE BESORGER mediendesign & -technik, Steyr

Inhalt

Alles Schreiben ist Fiktion 11
Wir alle sind Kinder unserer Zeit ... 17
Ordnung und gutes Benehmen 21
Widersprüche 29
Verdrängung 37
Träume 45
Parallele Leben:
Maria Handke, Herta Bernhard 47
Entfremdung 55
Radikalität 59
Humor 65
Antithesen 69
Bildbetrachtung 73
Das allerletzte Wort 75
Dank 76
Marlen Haushofer Lebenslauf 77

Das simple Faktum,
daß man etwas ausspricht, ist indezent.
Freilich läßt es sich mit plumpen Worten nicht fassen.

Hugo von Hofmannsthal: Der Schwierige

Die Sprache ist unbrauchbar,
wenn es darum geht, die Wahrheit zu sagen,
sie läßt dem Schreibenden nur die
Annäherung, die verzweifelte und dadurch
auch nur zweifelhafte Annäherung an den
Gegenstand.

Thomas Bernhard: Die Kälte

Manchmal weiß ich, daß ich ein Mensch bin,
der angefangen hat, auf einem Seil zu tanzen,
ohne es gelernt zu haben.
Natürlich werde ich abstürzen,
und niemand, selbst wenn er wollte,
könnte mich auffangen.

Marlen Haushofer: Die Tapetentür

Alles Schreiben ist Fiktion.

Ob über erfundene Protagonisten oder über sich selbst macht wenig Unterschied. Und alles ist Erinnerung, ein Hinterherschreiben, im Moment des Schreibens schon vergangen, gefiltert und verfremdet. Sobald Leben in Schreiben übergeht, wird Erlebtes zur Reflexion.

Marlen Haushofer sagt, daß letztlich alles Schreiben autobiographisch sei und alle ihre Figuren von ihr abgespaltene Persönlichkeiten. In diesem Sinn finden wir Marlen Haushofers projiziertes Ich in all ihren weiblichen Figuren, deren Geschichten sich zu einer einzigen großen Figur zusammenfügen. Die Namen wechseln mit den Situationen, aber die weibliche Gestalt bleibt die gleiche: lauter Rückzugsfiguren, die sich im entscheidenden Moment ihrer eigentlichen Aufgabe entziehen, verletzte Menschen, die sich zum

Selbstschutz hinter einer Wand, einer Tapetentür, einer Mansarde verschanzen.
Schon die kleine Meta in *Himmel, der nirgendwo endet* hockt am Grund der Regentonne und brütet über ihrem kindlichen Weltschmerz. In einer frühen Erzählung versteckt die junge Ehefrau ein Myrtenbäumchen vor ihrem Mann in der entferntesten Ecke der Dachkammer, um es voller Andacht zu betrachten: der heimliche Besitz einer Pflanze als Rettungsanker des ureigensten Ichs.
Von Mal zu Mal zwingender treten Frauen die Flucht in die Isolation der Innenräume an: allein sein, in einem Zimmer für sich allein. Frauen, die inmitten ihrer Familie unzugängliche Inseln errichten, um ein Minimum an Überlebensfreiraum zu erzwingen.
Aus der *Tapetentür:* „Eine Tür hinter sich zusperren, was konnte es schon Besseres geben?" In *Eine Handvoll Leben* verläßt Betty ihren Mann, ihr Kind und auch ihren Liebhaber mittels vorgetäuschten Selbstmords, um ein neues, eigenes Leben zu beginnen. Die (namenlose) Frau in der *Mansarde* wird

taub (sie hatte einfach „vergessen“, wie man hört), um sich von der lieblosen Familie abzuschotten.
Unwillkürlich identifiziert man diese Frauen mit Marlen Haushofer. Aber es gibt wenig konkrete Fakten und Anhaltspunkte, um aus ihrem Werk unmittelbare Schlüsse auf ihr Leben zu ziehen, einem Leben auf der ständigen Flucht vor sich selbst. Sie ging schreibend ihren Weg zwischen Anpassung, Widerstand und Resignation. Selbst wenn Marlen Haushofer zu ihren Lebzeiten eine Autobiographie geschrieben hätte, wäre sie in die Falle der Selbsttäuschung gegangen. Sie hat es vorgezogen, ihr Leben zu literarisieren, es in Bildern zu verdeutlichen und zugleich zu verschleiern.
Ein Faktum ist: Marlene Haushofer starb im 50. Lebensjahr an Knochenkrebs. Würde man interpretieren, könnte man sagen, sie hat sich frühzeitig einem weiteren Leben entzogen.
So begegnen wir quer durch ihr Werk autobiographischen Bruchstücken, Facetten eines

Haushoferschen Ichs, und glauben, sie in ihren Büchern indirekt wiederzuerkennen.

Diese indirekte Preisgabe ihrer selbst betrifft auch mich. Es ist, als ob sie mich als mögliche Frauenfigur erfunden hätte, ich gehöre zu ihren Entwürfen oder fast schon zu ihrem Inventar. Manchmal fühlte ich mich sogar imstande, eine ihrer nicht fertig geschriebenen Geschichten in ihrem Sinne weiterzuschreiben, besonders die abgründigen.
Marlene Haushofer hat dem Leser in die Seele geschaut.
Es ist doch so, daß wir in den Büchern unbewußt unsere eigenen Geschichten herauslesen, und wir wundern uns, daß der Autor uns durchschaut, daß er unsere Handlungen und Reaktionen klarer ausdrückt als wir selbst es könnten: er kennt uns eben besser als wir uns selbst. Das hat etwas Tröstliches. Unser persönlicher Schmerz, unser Versagen müssen wir nicht nur als unser selbstverschuldetes Unvermögen ansehen, sondern wir können es in ein breiteres, allgemein

menschliches Versagen einbetten. Es gibt eben viele Hamlets und Werthers, viele Noras und Madame Bovarys. Es gibt viele Marlen Haushofers, gespiegelt in ihren Figuren, in mir, in Ihnen. Da macht es nicht mehr soviel aus, das vermeintliche Lebensziel nicht erreicht zu haben, auch die Haushoferschen Figuren kommen nicht an ihr Ziel (genausowenig wie jene Thomas Bernhards), und so sind wir Schicksalsgenossen.

Wir alle sind Kinder unserer Zeit.

Marlen Haushofer lebt und schreibt auf der Folie der Nachkriegszeit, der Fünfziger- und Sechzigerjahre mit all ihren Wertvorstellungen und Rollenfixierungen. Ihr persönliches Schicksal ist eines unter vielen mit unterschiedlichen Schattierungen. Vorgegebene Strukturen und Verhaltensmuster meiner Elterngeneration – auslaufend auch mich betreffend – finden in ihren Romanen und Erzählungen sprachlichen Ausdruck. In meiner Erinnerung nachvollziehbar ist ein zeitgenössisches weibliches Handeln, das sich konzentriert auf ein gut bürgerliches Ehe- und Familienleben und die Mithilfe am Karrierestreben des Mannes, um an den Segnungen des aufkeimenden Wirtschaftswunders teilhaben zu können. Die Vergangenheit wird totgeschwiegen mit dem unausgesprochenen Einverständnis einer ganzen Generation. „Anständige Leute reden nicht über diese Dinge.“ (*Der Knabe im Dschungel*) Das bedeutet: schweigen, verdrängen, sich anpassen, alle Schuld auf sich nehmen, sich als Frau an letzte Stelle setzen. Das ist ein „fast triebhafter Drang, Gegensätze zu versöhnen und Harmonie zu erzeugen“, wie es Marlen Haushofer formuliert. Sie selbst hatte zusätzlich den Balanceakt zwischen Leben und Schreiben herzustellen. Übergroße Aufgaben, denen nur „eine Riesin gewachsen wäre“ und die nur mit Hilfskonstruktionen bewältigt werden können.

Was immer Marlen Haushofer an Pflichten übernommen hat, dem unterzieht sie sich bis zur Selbstaufgabe. Aus der *Tapetentür*: „Es wurde ihr klar, daß sie immerfort anderen Leuten zuliebe Dinge tat, die sie nicht tun wollte.“ Die Folgen sind Krankheit, Depression und Erschöpfungszustände, die vermehrt Spitalsaufenthalte nötig machen.

Meine bedrückendste Jugenderinnerung ist die Opferbereitschaft meiner Mutter, die sie gegebenenfalls als Waffe gegen mich einsetzte. Wenn ich mich in ihren Augen als undankbar erwies, sagte sie „Ich hab mich für dich aufgeopfert“, und dagegen war ich hilflos, denn sie, als alleinerziehende Kriegerswitwe, hatte es ja wirklich getan. Ihre Opferrolle – inklusive ihr Verzicht auf einen anderen Mann – wurde moralisch hoch bewertet und gesellschaftlich honoriert. Ich jedoch, als ihre Tochter, war indirekt schuld an diesem Verzicht.

Ordnung und gutes Benehmen

Vergessen, verdrängen und Opfer bringen machten die tatsächliche Aufbauleistung der Nachkriegsjahre möglich. Es entwickelte sich ein Benimm- und Tugendkodex, der in ungezählten Anstandsbüchern, besonders von Seiten der katholischen Kirche zum Ausdruck kam. Zwei Titel für viele: „Man benimmt sich wieder“ oder „Was heißt anständig? Ein Buch für Anständige“. Der Krieg gilt im Nachhinein als eher unanständiges Kapitel. Entweder wird darüber geschwiegen oder die Erinnerung daran in eine erklärbare Ordnung gebracht. Gutes Benehmen als Ersatz für Vergangenheitsbewältigung – nach den moralischen Verheerungen des Nationalsozialismus – an welchen man unwissend, ahnend, als Mitläufer oder Täter beteiligt war – müssen wieder ordentliche Verhältnisse einkehren.

Marlen Haushofer faßt diese Befindlichkeit in der *Mansarde* so zusammen: „Ich habe einen bürgerlichen Mann geheiratet, führe einen bürgerlichen Haushalt und muß mich entsprechend benehmen.“ Die Erziehungsideale lauten demnach: Gehorsam, Fleiß, Sauberkeit, Höflichkeit, Dankbarkeit, Bescheidenheit – und Keuschheit. Enthaltsamkeit wird als Voraussetzung für späteres eheliches Glück angesehen, Sexualität wird verdrängt wie die eigene Geschichte. Aufkeimende sexuelle Regung wird entweder sublimiert in erotisch gefärbter Freundinnenliebe bzw. Jesusverehrung oder umgeleitet in „die Herzen der Pfingstrosen“ die man „zerbeißen“ oder auf das „rotgefiederte Herz“ küssen möchte (*Eine Handvoll Leben*).
Ordnung und gutes Benehmen decken alles zu, was an Ungereimtheiten, Ängsten, unerfüllten Sehnsüchten ans Tageslicht drängen könnte. „Wir müssen alle mit unserem schlechten Gewissen leben“ heißt es im Hörspiel *Der Wassermann*.

Das Verbotene hatte aber auch etwas Spannendes an sich: man hatte noch Tabus, die man brechen konnte. Und sie wurden gebrochen, auch von Marlen. Und ich füge hinzu: auch von mir. Aber nicht von meiner Mutter! Mein Vater hat meine Mutter erst in der Ehe, und dann, wenn überhaupt, nur durch die schützende Hülle des Nachthemds und der Finsternis erfahren dürfen. – Reste dieses Nachthemds sind an mir hängengeblieben.

Marlen Haushofer ergibt sich scheinbar den ungeschriebenen Regeln dieser Zeit. Selbst ihr Ausbrechen in Form von Schreiben tarnt sie als vernünftiges Hobby, bringen doch ihre Kinderbücher und Hörspiele nachweislich Geld ein und läßt sie doch augenscheinlich der Familie ihre Zuwendung nicht fehlen. Sie fühlt sich als Hausfrau, Mutter und Zusatzverdienerin als überdurchschnittlich nützliches Wesen. Nach außen hin bringt sie alles unter einen Hut, versorgt den Haushalt, hilft zuweilen in der Zahnarztpraxis ihres Mannes, betreut die gebrechlich wer-

denden Eltern und macht bei alledem keinen gestreßten Eindruck.
Ein ehemaliger Nachbar des Hauses Taborweg erzählte mir, daß er Marlen Haushofer eher als gelangweilte Hausfrau wahrgenommen hatte, die sich im Garten am Duft der Rosen erfreute, der Katze (bzw. dem Kater Iwan) eine Leiter in den 1. Stock zimmern ließ und im übrigen kaum Kontakte pflegte. Er hat sie wohl verkannt, ihre nach außen gelebte Unauffälligkeit für wahr genommen.

Am Beginn der Fünfzigerjahre erlaubte sich Marlen kleine Fluchten aus der Enge der Kleinstadt, in der sie sich in ihrem Wesen nicht erkannt fühlte. In Steyr erfüllte sie lieber die Rolle der freundlich-harmlosen Zahnarztgattin in einer friedlichen Haus- und Gartenidylle. In Wien aber ist sie aufgenommen in einen Kreis junger Nachkriegsautoren, die sich um ihren Kritiker und Förderer Hans Weigel scharen. Ihre Texte finden Aufnahme in Weigels Jahrbuch „Stimmen der Gegenwart" (1951) und repräsentieren somit österreichische Gegenwartsliteratur. Treffpunkt ist das legendäre Café Raimund, eine Art literarischer Stammtisch. Hier hat Marlen Umgang und Ansprache mit literarischen Größen, wie Ilse Aichinger, Christine Lavant, Milo Dor oder Erich Fried. Nicht mit Ingeborg Bachmann, deren Mentor und Freund gleichfalls Hans Weigel ist. Stammtisch ist nicht Bachmanns Sache, sie wagt frühzeitig den emanzipatorischen Schritt aus der lokalen und bindungsmäßigen Enge. Mit Jeannie Ebner verbindet Marlen eine lebenslange Freundschaft, und es entwickelt sich ein intensiver Briefwechsel zwischen Wien und Steyr. Mit ihrem Förderer Hans Weigel entwickelt sich bald mehr als Freundschaft.

Um die Spannung zwischen intellektuellem und provinziellem Leben zu verkraften, verschreibt sich Marlen ein Ordnungskorsett: ein selbstgebasteltes Gefängnis aus Vernunft und Disziplin. Wenn sie den Pflichten des Tages nicht nachkommt oder die vermeintlichen Erwartungshaltungen anderer nicht erfüllen kann, greift sie zur Selbstbestrafung. Als Annette aus der *Tapetentür* ihren Alltag vernachlässigt, macht sie sich auf den für sie unangenehmsten Weg zum Zahnarzt, um „die gestörte Ordnung“ wiederherzustellen. Auch dem bürgerlichen Ordnungssinn des Mannes muß Genüge getan werden: „Er haßt nichts mehr als Zustände, die er als schlampig und unsolid bezeichnet, ... getrennte Schlafzimmer zu benützen, den Urlaub nicht mit der Gattin zu verbringen und am Sonntag nicht mit den Kindern in den Zoo zu gehen. Er würde sich auch niemals von mir trennen. Ich bin die Hüterin seines Hauses und seiner Kinder, und als ein Mensch, der im geheimen in der tiefsten Anarchie lebt, schätzt er nichts mehr als die äußere Ordnung.“ *(Stella)*

Marlens Ringen um äußere Ordnung läßt auf ihre Sehnsucht nach innerer Ordnung schließen.

Um ihre Existenz vor sich selbst und anderen zu rechtfertigen und um, wie sie sagt, „die Zeit bis zum endgültigen Tod mit Anstand hinter sich zu bringen“, muß sie gemäß ihrer Erziehung den Pflichten, die sie wie jeder von uns mehr oder minder zufällig übernommen hat, gerecht werden. Und zweitens ihr tägliches Schreibpensum erfüllen: in selbstverordneter Konsequenz Chronistin ihrer Zeit, ihrer Figuren und ihrer selbst. In einem erweiterten Sinn leistet Marlen Haushofer Beiträge zur Soziologie ihrer Zeit.

Widersprüche

Die Haushoferschen Figuren schaffen es nicht, sich dem Widerspruch des Lebens zu stellen; die, die es dennoch tun, scheitern daran. So versuchen sie lieber verzweifelt, dem Chaos mit Ordnungsstrategien, z. B. in Form von Putzzwang zu begegnen: die Domestizierung weiblicher Kreativität durch ständig sich wiederholende eintönige Tätigkeiten. Eine Art Austreibungsritual.

Schon die kleine Meta in *Himmel, der nirgendwo endet* hält die Welt „für ein großes Durcheinander, das sie in Ordnung bringen muß“. Auch das Schreiben ist eine Strategie, um in das hereinbrechende Lebenschaos Ordnung zu bringen. Es hat seinen ordentlichen Platz und wird vom Familienleben örtlich getrennt: „Dinge und Gedanken, die mein *Mansarden*leben betreffen, haben nicht in das übrige Haus einzudringen.“

Die Ich-Erzählerin in der *Mansarde* erinnert sich, daß sie von ihren Eltern nie geküßt wurde und „ihre Mutter sich dauernd die Hände wusch". Dieses eigenartige Nebeneinanderstellen von mangelnder Liebkosung und Reinlichkeitszwang hat bestenfalls damit zu tun, daß man von klein auf die Gefühle ordentlich und sauber halten muß, um nicht von ihnen überschwemmt zu werden. Es ist, als ob Marlen Haushofer von meiner Mutter spräche.

Als Annette in der *Tapetentür* schwanger wird, fühlt sie sich innerlich beschmutzt: „Mein eigener Körper gibt mir das Gefühl, vergiftet zu sein, ... ich verbrauche meine ganze Kraft, gegen dieses Sumpfgefühl anzukämpfen, mich ganz in warmes, vegetatives Leben gleiten zu lassen. ... wie kommt es, daß dieses winzige Kind in mir ein so abscheuliches Gefühl von Klebrigkeit und Unsauberkeit macht? Ich möchte mich den ganzen Tag waschen."

Die Frau des Rechtsanwaltes Hubert in der *Mansarde* wird aus heiterem Himmel taub. Hubert trennt die Frau von ihrem Kind und schickt sie in eine entlegene Waldhütte: „Er kann nicht eine Existenz aufbauen und (gleichzeitig) an seine taube Frau denken. Das würde ihn völlig durcheinander bringen." Und wenn diese Frau für die Reaktion ihres Mannes sogar Verständnis aufbringt, indem sie sagt „Wenn wir alle brav unsere Pflicht tun, wird alles wieder gut werden, ... wird alles werden wie früher", dann liest auch der naivste Leser das ironische Gegenteil heraus, nämlich, daß es nach dieser Verstoßung nie mehr so sein kann, wie es einmal war.
In *Wir töten Stella* geht es schlichtweg um Mord an einem etwas hausbackenen Mädchen, das in der Familie zu Gast ist und von Richard, dem Ehemann, in schamloser Weise verführt wird. Stella ist nur eine von vielen auf der Liste seiner außerehelichen Abenteuer, über welche Anna, die Ehefrau, sehr wohl Bescheid weiß. Sie wird durch feiges Wegschauen („Ich bemühte mich, nichts

zu sehen und zu hören") zur Kollaborateurin des Mannes und letztlich schuldig. Sie klammert sich in dieser brüchigen Ehe an die Ordnung als letzten Strohhalm: „Aber das Grauen und das Wissen um die Wahrheit, die man nicht wissen sollte, sind eingefügt in die Ordnung des Alltags. Ja, ich klammere mich an diese Ordnung, an die regelmäßigen Mahlzeiten, die täglich wiederkehrende Arbeit, die Besuche und Spaziergänge. Ich liebe die Ordnung, die es mir möglich macht zu leben." Und nach Stellas Tod überfällt Anna eine große Erleichterung: „Stella war tot, und ich konnte zurückkehren in mein altes Leben mit Wolfgang, dem Garten und der guten täglichen Ordnung." Auch die eheliche Ordnung scheint wiederhergestellt: „Die Wärme seiner Hand drang durch mein Kleid und erfüllte mich mit Ruhe und Behagen."
Der Tod dieses Mädchens, das in dieser familiären Scheinidylle nur als Störfaktor wahrgenommen wurde, erinnert an das Riesenungeziefer in Kafkas *Verwandlung*, das nach seinem Tod kurzerhand mit dem Kehricht

entsorgt wird, wonach die Familie erleichtert das normale Leben wieder aufnimmt.

Eine Nebenstrategie, um dem hereinbrechenden Chaos Herr zu werden, ist die Flucht in klassische Bildung. Man liest im weitesten Sinn klassische Bücher (z. B. über den Untergang des Römischen Reiches), hört klassische Musik und geht am Sonntag ins Museum – weniger in die Kirche. „Wir übersetzten gemeinsam die Ilias, und diese Beschäftigung ... machte mich so ruhig und zufrieden, wie es ein Mensch von meiner Art nur sein kann." *(Stella)* Aus der *Mansarde* an einem üblich faden ehelichen Sonntag: „Immer wenn wir nicht wissen, was wir an einem Sonntagnachmittag anfangen sollen, gehen wir ins Arsenal." Hier kann einem nichts Überraschendes passieren, die Schlachten sind fein säuberlich nach Jahreszahlen in Schaukästen geordnet, die Säle tragen die Namen der großen Feldherrn (Radetzky-, Erzherzog-Karl- und Prinz-Eugensaal), es sind lauter gute Bekannte, und die Ehefrau „staunt insgeheim

über die wunderbare Ordnung und Sauberkeit, die hier herrschen."
Ich übertreibe nicht, die Ordnung ist wirklich ein beherrschendes Thema bei Marlen Haushofer.
Marlen muß sich einreden, daß Schreiben etwas Ordentliches ist und keine – wie sie es nennt – „unbürgerliche Ausschweifung."
Also in Wirklichkeit bot Schreiben für sie den Ort, um ihre unbürgerlichen Ausschweifungen in der Verkleidung ihrer Protagonistinnen auszuleben. Einige von ihnen trauen sich stellvertretend für Marlen das zu tun, was ihrer eigentlichen Natur entspricht: die Fassade bürgerlicher Ordnung niederreißen, ihren Weg kompromißlos und radikal zu Ende gehen, wenn es sein muß, bis zur tödlichen Konsequenz. Wie z. B. in der parabelartigen *Geschichte vom Menschenmann*, in der die radikalste Abrechnung mit dem Wesen Mann geschieht: Er wird als Zerstörer der Weltordnung einer Wölfin zum Fraß vorgeworfen und nützt so wenigstens dem Kreislauf der Natur. Und als in der *Wand*,

gegen Ende zu, unvermittelt ein Mann als Gewalttäter auftaucht – er erschlägt das junge Kalb – da erschießt ihn die Frau kurzerhand.

Verdrängung

Zwingend mit der Haushoferschen Ordnung verknüpft ist die Haushofersche Verdrängung. Um Ordnung zu halten, muß man verdrängen, vor allem die Erinnerung. Lebenslängliche Verdrängungsakrobatik ist die logische Folge.

Es ist kein Tabubruch mehr, wenn man festhält, daß Christian, der erste Sohn Marlen Haushofers, unehelich zur Welt kam. Das ist heutzutage keine Sensation mehr, in der Hektik des gegenwärtigen Zusammenlebens finden manche Paare einfach keine Zeit zu heiraten oder haben ökonomische Gründe, es nicht zu tun, jedoch kaum moralische. Aber zu Marlens Studentenzeit und auch noch zu meiner bedurfte es schon eines ungeheuerlichen Mutes, anläßlich einer Schwangerschaft nicht zu heiraten. Ich weiß, wovon ich rede, ich bin eine von jenen, die ‚heiraten mußten', so hieß das wortwörtlich. Und es wurde nach einer überstürzten Verlobung noch überstürzter geheiratet, aber hauptsächlich wurde geschwiegen, denn eine gewisse Schande schwebte über dem kirchlichen Segen – das weiße Kleid hatte eben einen Fleck.

Marlen Haushofer befand sich in der Situation, den Vater ihres künftigen Kindes nicht heiraten zu können oder zu wollen. Es war eine flüchtige Verbindung mit einem Studienkollegen, über die sie ein Leben lang nicht sprechen konnte oder wollte. Vielleicht geschah ihre Hingabe aus falsch verstandenem Pflichtbewußtsein, vielleicht glaubte sie, ihre Hingabe diesem Mann schuldig zu sein. Eine Stelle aus der *Mansarde* spricht dafür: „Ich wollte mich nicht von den anderen jungen Leuten unterscheiden und um keinen Preis als altmodisch gelten. Tief in mir steckte aber das Entsetzen eines braven Landmädchens vor der Verworfenheit der Großstadt."

Christian kommt am 31. Juli 1941 in Bayern in einem Heim für ledige Mütter zur Welt. Marlen verheimlicht diesen Sohn ihren streng katholischen Eltern (vor allem ihrer Mutter), er wird bis zum 6. Lebensjahr von der Mutter einer Studienkollegin aufgezogen. Die Schwere dieser Entscheidung trägt Marlen fortan allein. Drei Monate nach der Geburt ihres Sohnes heiratet Marlen einen anderen Mann, den angehenden Zahnarzt Manfred Haushofer. Er akzeptiert bzw. verzeiht den sogenannten Fehltritt, weil er sie liebt, und legt damit die Schiene des weiteren Verdrängens und der daraus resultierenden Dankbarkeit, die Marlen zeitlebens begleiten. „Sie heiratete diesen Mann, teils weil sie müde und allein war, teils aus Dankbarkeit. Er war ein Mensch, auf den man sich verlassen konnte.“ (*Schreckliche Treue*)
Zwei Jahre später kommt der gemeinsame Sohn Manfred zur Welt, die beiden Brüder lernen einander 5 Jahre später kennen, leben mit den normalen Schwierigkeiten die Normalität einer Familie und erfahren die

Wahrheit erst nach dem Tod ihrer Mutter. Da sind sie erwachsene Männer.

Es bedarf keiner übergroßen Phantasie, um nachzuempfinden, wie das Unausgesprochene jahrzehntelang im Raum steht, eine Nebelschicht, die sich nicht hebt, etwas Dumpfes, nicht Faßbares. Das einzig Faßbare, das unausgesprochen feststeht, ist, daß nicht darüber gesprochen wird. Im Lauf der Ehe gibt es einen weiteren Verdrängungsakt, der noch viel weniger nachvollziehbar ist: das Paar läßt sich scheiden, um nach mehreren Jahren wieder zu heiraten. Und wiederum weiß niemand etwas davon, nicht einmal die Söhne.

Ich möchte auf die erwähnte Dankbarkeit zu sprechen kommen, die eine Frau dem Mann schuldete, der sie von einer vermeintlichen Schande erlöste und ihr ermöglichte, sich unbeschadet in die bürgerliche Ordnung zurückzubegeben. Und wiederum weiß ich, wovon ich spreche, weil es mir ebenso ergangen ist.

In meinem Fall war es eine vorauseilende Dankbarkeit, die ich niemandem, schon gar nicht meinem Mann schuldig gewesen wäre. Es hat sie mir auch niemand abverlangt, aber mein Verhalten entsprach hundertprozentig dem Moralkodex dieser Zeit. Ich hatte von Beginn an die schlechteren Startbedingungen, will man die Ehe mit einem sportlichen Wettkampf vergleichen. Aber dieser mir innewohnende Dankbarkeitsdruck hat mich unglaublich motiviert. Ich bin – will man beim Bild des Starts bleiben – mein Leben lang hinter meiner Gleichberechtigung hergelaufen, und wie man sich leicht vorstellen kann, wollte ich die schlechten Startbedingungen ausgleichen, verbessern und womöglich umkehren: e r sollte mir letztlich dankbar sein, ihn geheiratet zu haben, und zwar von Anfang an.

Ich rechne mit Verständnis für meinen Exkurs, weil er, wie ich glaube, mit Marlen Haushofer zu tun hat. Manfred Haushofer hat ihr verziehen, sie geheiratet, sie erlöst. Ihre generationsbedingte Dankbarkeit, verstärkt durch die selbstauferlegte Verdrängungsarbeit führten zu einem ungeheuren Stau, zugleich aber zu einem Gefühl geheimer Überlegenheit. Marlen Haushofer ist sich ihres kreativen Potentials bewußt und leitet es um: vom wirklichen Leben in eine verschlüsselte literarische Wahrheit, in eine verwandelte Welt.

Diesen ungebrochenen Weg des Verschweigens, Verdrängens und Sublimierens geht Marlen bis zum Tag ihres Todes. Über den Knochenkrebs spricht sie von der „verflixten Verkalkung", nach 34 Bestrahlungen schreibt sie an ihren Verleger, daß „der Prozeß gutartig" und sie noch „sehr glücklich davongekommen" sei. Aus der ihr innewohnenden Rücksichtnahme verschweigt sie auch ihrem Mann und ihren Kindern, daß sie unheilbar krank ist. Ihr Mann wiederum weiß längst Bescheid und beschließt aus Rücksicht zu ihr, darüber zu schweigen.

Nichtkommunikation aus falsch verstandener Schonung und unausgesprochenem ge-

genseitigen Einverständnis. Aber: „Eheleute wissen eine Menge Dinge übereinander, auch wenn sie nicht darüber reden." Vielleicht gab es Momente, wo man das starke Bedürfnis hatte, einander alles zu sagen, aber das eingeübte Verdrängungsritual war stärker: „Wir sitzen hier und spielen eine Szene, die nicht ganz stimmt, die aber doch ein guter Ersatz ist für die wirkliche Szene, die nie gespielt wird." (*Die Mansarde*)

Das verdrängte, nicht gelebte Leben der Marlen Haushofer spiegelt sich natürlich in den Ich-Erzählerinnen ihrer Romane. So wie Marlen selbst des öfteren Tagebuchaufzeichnungen verbrennt, tun das auch ihre Protagonistinnen: das Verbrennen alter Briefe, Tagebücher und Fotos ist geradezu deren Lieblingsbeschäftigung. Wenn die „morbide und widerwärtige" Vergangenheit in Flammen aufgeht, treten nach einer Art Selbstreinigungsprozeß Erschöpfung, aber vor allem große Erleichterung ein.

Ich komme auf die Frau des Rechtsanwaltes Hubert aus der *Mansarde* zurück. Wir erinnern uns an die von Hubert verordnete Verbannung anläßlich ihrer plötzlichen Ertaubung. Nach jahrelanger, ruhiggestellter Vergangenheit taucht das Vergessene (Verdrängte) unvermutet wieder auf. In Form von Briefen, die ihr von einem unbekannten Absender auf dem Postweg zugestellt werden. Sie enthalten ihre Tagebuchaufzeichnungen aus jener Zeit, an die sie nicht erinnert werden will. Jetzt, wo sich die Chance ergäbe, das so lang Verdrängte, den niedergehaltenen Schmerz, die Lebenskränkung herauszuschreien, die Lebenslüge aufzuarbeiten, – da geschieht einfach n i c h t s. Für die Frau steht fest, daß sie „ein Stück Vergangenheit zu liquidieren“ hat, denn „jede Vergangenheit gehört ja liquidiert“ und „gewisse Dinge muß man vergessen, wenn man leben will“. Sie liest ihre alten Aufzeichnungen noch einmal, verbrennt sie anschließend und geht zur familiären Tagesordnung über.

Träume

Es ist schön, daß es auch für Marlen einen verdrängungsfreien Raum gibt: den Traumraum. Deshalb liebt sie so besonders ihr Bett, den Schlaf, der sie in diesen Raum hinüberleitet. „Jeden Tag erwacht man in der Hoffnung, etwas Neues zu erleben, jede Stunde, jede Minute kann das große Ereignis eintreten, das man sich nicht vorstellen kann, das aber eintreten muß.“ (*Die Mansarde*)
Im Traum erhebt sich Marlen über Mittelmaß und Durchschnittlichkeit, sie wächst über sich hinaus, wird zur Abenteurerin. „In meinen Träumen ist alles möglich, und das macht mich glücklich. Ich bin dann eine ganz andere Person, treibe mich in fremden Hafenvierteln herum, sitze in geheimem Auftrag in hohen Bäumen und warte auf unerhörte Ereignisse. ... Die Verfolger sind mir knapp auf den Fersen.“ (*Die Mansarde*)

Erotische Phantasien werden ungehemmt ausgelebt: *Die Frau mit den interessanten Träumen* geht splitternackt zur Beichte, Annette in der *Tapetentür* baumelt mit nackten Beinen auf dem Schreibtisch, nippt am Enzianschnaps und rutscht schließlich auf die Knie des Mannes. Als Höhepunkt unternimmt sie einen Ausbruchsversuch in Form eines (erotischen) Höllenrittes auf ihrem Hund Pluto.
Etwas selbstironisch bemerkt Marlen Haushofer: „Wenn Träumen ein Beruf wäre, hätte ich es längst zum Obertraummeister gebracht."
Wie man sieht, selbst im Traum herrscht bei Marlen eine streng hierarchische Ordnung, und der oberste Posten ist männlich besetzt.

Parallele Leben: Maria Handke, Herta Bernhard

„Selten wunschlos und irgendwie glücklich, meistens wunschlos und ein bißchen unglücklich", so beschreibt Peter Handke das Lebensgefühl seiner Mutter in *Wunschloses Unglück*. Es ist, als ob Handke Marlen Haushofer gut gekannt hätte, denn es liest sich die Biographie seiner Mutter, Maria Handke, über eine große Strecke wie jene Marlen Haushofers. M H, dieselben Initialen, sind natürlich reiner Zufall. Zufall sind auch die fast identischen Lebensdaten. Maria Handke ist ebenfalls 1920 geboren, im 51. Lebensjahr gestorben. Jedoch kein Zufall sind die soziologisch bedingten Parallelen dieser beiden Frauen: sie erfüllen dasselbe Rollen- und Handlungsmuster.

Peter Handke bestärkt mich in meinem Lebensbild über Marlen Haushofer, das sich auf die Formel bringen läßt: Marlen = die ge-

lebte, unverwechselbare Einzelpersönlichkeit + die Bedingungen einer zeitlich fixierten Generation. Diese Formel betrifft außer Marlen auch Handkes Mutter, auch meine Mutter, in den Ausläufern auch mich, und wie ich meine, auch viele Frauen zweier Generationen. Und das ist es auch, was Handke am Beispiel seiner Mutter herausarbeiten will. Er stellt ihren persönlichen Lebenslauf als Fall dar:
„Nur die von meiner Mutter ... abweichenden Verallgemeinerungen können jemanden außer mich selber betreffen – die bloße Nacherzählung eines wechselnden Lebenslaufs mit plötzlichem Ende wäre nichts als eine Zumutung. Ich vergleiche also den allgemeinen Formelvorrat für die Biographie eines Frauenlebens satzweise mit dem besonderen Leben meiner Mutter ... "
Einige Zitate aus dem *Wunschlosen Unglück* mögen mosaikartig dieses Frauenleben in seinen Eckpfeilern rekonstruieren und die Parallelen zu Marlen Haushofer belegen.
Freilich gibt es Abweichungen aufgrund individueller Fakten. Aus dem *Wunschlosen*

Unglück: „Meine Mutter war das vorletzte von 5 Kindern. In der Schule erwies sie sich als klug, die Lehrer lobten vor allem die saubere Schrift. ... Das Fach, das den Lehrern bei Mädchen das allerwichtigste war, hieß ‚Äußere Form der schriftlichen Arbeiten'. Später fortgesetzt in der Aufgabe der Frau, die Familie nach außen hin ordentlich zusammenzuhalten." Weiters: „Das Wort Armut war ein schönes, irgendwie edles Wort. Es ging von alten Schulbüchern aus: arm, aber sauber. Die Sauberkeit machte die Armen gesellschaftsfähig, der soziale Fortschritt bestand in einer Reinlichkeitserziehung."
(Meine persönliche Erinnerung sei in Klammer angeführt: keine Weihnachten ohne Weihnachtsputz, keine Ostern ohne Osterputz.)
Während der Kriegswirren, am Beginn der Vierzigerjahre, erlebt Handkes Mutter die erste Liebe: „Und so die erste Liebe: zu einem deutschen Parteigenossen, der im Zivilberuf Sparkassenangestellter, nun als militärischer Zahlmeister etwas Besonderes war – und

bald schon in andere Umstände gebracht. Er war verheiratet und sie liebte ihn." Ein paar Seiten weiter heißt es: „Kurz vor der Entbindung heiratete meine Mutter einen anderen, einen Unteroffizier der Deutschen Wehrmacht, der sie schon lange verehrte und dem es auch nichts ausmachte, daß sie ein Kind von einem anderen bekam. ‚Die oder keine!' hatte er auf den ersten Blick gedacht und mit seinen Kameraden gewettet, daß er sie bekommen würde. Sie wollte ihn nicht, aber man redete ihr das Pflichtbewußtsein ein, dem Kind einen Vater zu geben." Peter Handke bekam also einen Vater und dessen Namen aus Pflichtbewußtsein und ländlicher Moral.

Von ihrem Wesen her ist Maria lebenslustig, ja zuweilen übermütig und überschwenglich; sie ist sehr hübsch (wie Marlen), sie singt und tanzt gern, geht gern aus, trägt Schuhe mit hohen Absätzen, hat Wasserwellen, trägt Ohrklipse. Sie liest: Fallada, Knut Hamsun, Dostojewski, auch Thomas Wolfe und William Faulkner. Sie liebt den Süden, das Meer, das Leichtlebige (wie Marlen, die auch einige Male nach Rom fährt oder zum geliebten Gardasee). Maria Handkes ländliche Umgebung reagiert auf all diese Tendenzen mit Schweigen und Befremden. Es wächst die Diskrepanz zwischen gelebtem und gewünschtem Leben. Es mehren sich die Anzeichen einer unheilvollen Krankheit, die Diagnose lautet Nervenzusammenbruch … oder Schizophrenie. Maria Handkes Abschiedsbrief vom 18. November 1971 berichtet vom vorbereiteten Selbstmord: „Sie ging ins Schlafzimmer, nahm alle Schmerztabletten, mischte ihre sämtlichen Antidepressiva darunter. Sie band sich mit einem Kopftuch das Kinn fest und legte sich in einem knöchellangen Nachthemd zu Bett." *(Wunschloses Unglück)*

Es ist wohl spekulativ, zwischen dem Selbstmord Maria Handkes und dem Knochenkrebs Marlen Haushofers eine Parallele herzustellen. Aber es bleibt die parallele bewußte oder unbewußte Weise, sich fünfzigjährig frühzeitig dem Leben zu entziehen, das noch zu leisten gewesen wäre.

Thomas Bernhard kommt in einem Heim für ledige Mütter des Klosters Heerlen – in der Abteilung für ‚gefallene Mädchen' – in den Niederlanden zur Welt. Seine Mutter, Herta Bernhard, ist die Tochter des Heimatdichters Johannes Freumbichler. Sie bekam Ballettunterricht und wollte Primaballerina werden, aber ein Lungenspitzenkatarrh bedeutete das Ende ihrer Träume. Sie verliebt sich in den Sohn eines Landwirts, wird schwanger, der Mann verläßt sie daraufhin. Einige Monate vor der Geburt nimmt sie in Holland eine Stellung als Dienstmädchen an und bringt ihren Sohn heimlich zur Welt. Sie will den Eltern die Schande eines unehelichen Kindes ersparen. Erst nach einem Jahr beichtet sie ihren sogenannten Fehltritt. Herta heiratet später einen anderen, den Friseurgehilfen Emil Fabjan.

Thomas Bernhard schildert seine Mutter als harte, verbitterte Frau, die ihm zeitlebens ob seiner Existenz Vorwürfe machte, ihn als Störenfried und Schreckenskind bezeichnete. Sie stirbt mit 46 Jahren an Krebs.

Entfremdung

Marlen Haushofers fortgesetzt unlebbares Leben, domestiziert durch das selbstauferlegte Korsett von Ordnung und Verdrängung, wird zunehmend fühllos und starr. Nach außen hin vielleicht als Langmut, Indifferenz oder ruhiges Wesen gedeutet. Sie nahm alles gleichmütig hin, hieß es, und wenn man sie fragte „Wie geht es dir?“, sagte sie „Danke, gut.“ Und wenn es galt, etwas Drängendes zu verändern, tat sie nichts dazu, weil sie meinte, da könne man ohnehin nichts dagegen machen. Immer wieder heißt es in ihren Texten, es sei alles viel zu schwierig und man könne nicht das Geringste daran ändern, man müsse einfach durchstehen, alles aushalten, das Leben über sich ergehen lassen. „Mit der Zeit wird alles besser, man muß nur stillhalten.“ (*Begegnung mit dem Fremden*).

Als ich Marlen Haushofer in den späten Sechzigerjahren kennenlernte, lud sie mich nicht von sich aus ein, ließ es aber geschehen, daß ich sie aufsuchte und ihr Fragen stellte. Wir hatten gemeinsame Erinnerungen an das Grazer Germanistische Institut, liebten beide Kleist, das Unerhörte seiner Novellen. Sie freute sich, daß ich zu ihren Lesern gehörte, aber darüber hinaus fühlte sie sich für nichts kompetent. Sie war keine Instanz, der man Lebensfragen stellen konnte mit der Hoffnung auf ratgebende Antwort. Nur einmal meinte sie, ich könne ohnehin nichts gegen meine Natur, und ich solle mir keine Sorgen machen, es tue sich alles von allein. Mit meiner ‚Natur' meinte sie wohl das Aufbegehrende, was sie als vergeblich weibliche Anstrengung erkannt und längst hinter sich gelassen hatte.

In ihren Texten begegnen wir fortan weiblichen Figuren, die irgendwie neben sich selbst stehen, die ihr eigenes Leben verloren oder nie wirklich besessen haben, die durch eine

Wand von sich selbst abgeschnitten, sich im luftleeren Raum bewegen.
„Ich steh auf einem Platz, auf den ich nicht gehöre, lebe unter Menschen, die nichts von mir wissen, und die Hälfte meiner Kraft geht schon auf, in der Anstrengung, die es mich kostet, unauffällig zu bleiben." (aus einem Brief an Hans Weigel) Ihre Bücher bezeichnet sie als verstoßene Kinder – eine Aussage, die man unwillkürlich mit der fünf Jahre langen Weglegung ihres Sohnes Christian assoziiert. In der *Mansarde* spricht die Erzählerin über ihren kleinen Sohn, den sie sich „selber weggenommen" habe.
Es sind fortgesetzte Abwesenheitsgeschichten scheinbaren Lebens. Aus *Eine Handvoll Leben*: „In seinen Armen gelang es, sich selbst vollkommen zu vergessen. Irgendwo lag ihr Körper, von dem sie sich gelöst hatte, auf einem fremden Bett unter dem Gewicht eins fremden Mannes, während sie schwerelos in einer großen Stille dahinstarb." An einer anderen Stelle: „Der Tod mußte schon früher eingetreten sein, oder er wartete noch

auf sie, es war ihr auch ganz gleichgültig." Am deutlichsten wird diese Metapher des scheintoten Lebens, als Annette aus der *Tapetentür* ein Kind erwartet und der Sohn bei der Geburt erstickt: „Das Kind war tot, weil sie nicht an seine Wirklichkeit geglaubt hatte."

RADIKALITÄT

Die radikalste Abwesenheitsgeschichte vollzieht sich in der *Wand*, im Abschiednehmen vom Klischee Frau, im totalen Rückzug als letztem Schritt aus allen bisherigen gesellschaftlichen Handlungsmöglichkeiten. Einmal ist sie „ein Kind, das Erdbeeren sucht, dann wieder ein junger Mann, der Holz zersägt, ... oder ein sehr altes geschlechtsloses Wesen, das der sinkenden Sonne nachsieht."

Kein Spiel mehr treiben, keine Rolle erfüllen, kein konfliktvermeidendes Arrangement mit einem Mann, sich endlich die Freiheit nehmen, die Wahrheit zu denken, zu schreiben oder zu sagen.

In ihrem wirklichen Leben fällt Marlen zunehmend in Resignation (die für Zufriedenheit gehalten wird), Entfremdung, Erstarrung. „Es fing damit an, daß sie am Morgen

erwachte und kein Glied regen konnte. ... Am Abend konnte sie lange Zeit nicht einschlafen, ihr Körper veränderte sich auf unheimliche Weise und fing an, sich aufzulösen, und alle Glieder verloren ihren Zusammenhang." (*Eine Handvoll Leben*)
„Mein Geliebter ist aus Stein und besitzt nur einen Kopf. Er steht in Ostia Antika in einem Museum ... er ist ungefähr tausend Jahre tot ... er ist lebendiger als ich." (Der Text entstand nach Marlens letzter Reise nach Rom.)
Kurz vor ihrem Tod fragte Hans Weigel Marlen am Krankenbett: „Was macht dein Seelenleben?" Da lächelte sie und sagte: „Ich hab überhaupt kein Seelenleben mehr."

Dieses abhandengekommene Leben findet im Schreiben sein Ventil: Abgründe tun sich auf, die man nie und nimmer mit dem wirklichen Leben Marlen Haushofers assoziieren würde. Die zunehmende Radikalität zeigt sich in den Titeln einiger Erzählungen: *Der Wüstling, I'll be glad, when you're dead,*

Der Menschenfresser, Wir töten Stella, wo dieser indirekte Mord an dem jungen Mädchen begangen wird, Tötungsakte auch in der *Wand* und der *Mansarde*. In einem verschollenen Roman geht es um einen ungesühnten Mord: Während eines Festes stoßen Frauen nach einem ausgeklügelten Plan einen besonders widerlichen Mann in eine Schlucht. Weil Hans Weigel ihr wegen moralischer Bedenken eine Veröffentlichung ausgeredet hatte, ist anzunehmen, daß Marlen das Manuskript – wie üblicherweise in solchen Fällen – ‚liquidierte', indem sie es verbrannte.

Etwas unbewußt Selbstzerstörerisches bricht in den mühsam aufrechterhaltenen Alltag ein. Aus der *Mansarde:* „Gegen vier Uhr erwache ich und bin ein ganz anderer Mensch als am Tag. Ich hab Angst, denn mein Vier-Uhr-Ich ist ein fremdes, zerstörerisches Wesen, das darauf aus ist, mich umzubringen." Ein sechster Sinn läßt die Frau in das Innerste des anderen schauen und sein Geheimnis erkennen. Und weiter: „Eine schlagartige

Erleuchtung, und ich bin im Gehirn des anderen und weiche entsetzt zurück. Es geschieht sehr selten, aber diesmal geschah es eben. Hubert saß an seinem Schreibtisch und studierte. Ich kam zur Tür herein und bemühte mich, leise zu sein ... plötzlich spürte Hubert, daß ich hinter ihm stand, und wandte den Kopf zurück. Er sah mich im Licht stehen und seine Augen wurden schwarz vor Schmerz. Ich war in seinem Gehirn und wußte, daß er mir den Tod wünschte."

Marlen Haushofers Radikalität ist deshalb so gewaltig, weil sie ganz unvorhergesehen, auf leisen Sohlen daherkommt, als Nebenbemerkung im Harmlos-Alltäglichen verpackt. Sie schreibt keine feministische Emanzipationsliteratur, sondern beschreibt den Wahnsinn der Normalität, jener Normalität, die wir so selbstverständlich hinnehmen. Aber in Bruchteilen von Sekunden blitzt auch in uns Harmoniebedürftigen der Abgrund auf, und deshalb sind wir so betroffen.

Ich bin weit davon entfernt, Marlen Haushofers Leben als gesamtes leidend und duldend zu sehen, es war sicher ein ‚gemischtes' Leben, wo zu vielen Teilen auch Lebensfreude, Unbekümmertheit und Egoismus dabei waren. Schreiben ist ja die egoistischste Handlung überhaupt. Sicher nahm sie zwischendurch das für sich in Anspruch, was sie zum Überleben brauchte. Sie konnte schlau sein, die Ohren anlegen und Haken schlagen (wie ihre Katzen). Im Bedarfsfall griff sie auch zur Lüge auf Kosten der literarischen Wahrheit. Sie lebte ihre persönlichen Beziehungen, oder stillte ihre Italiensehnsucht, indem sie ‚gschwind einmal' zum Gardasee fuhr, oder nach Rom – hauptsächlich, um die dort streunenden Katzen zu füttern.

(In den römischen Tagebüchern begegnet man „hübschen, scheckigen, einäugigen" Katzen oder solchen mit „orangen Augen", „schwarzweißen Tanzkatzen" und auf einem Friedhof „fünf evangelischen Katzen". Ein Sack voll Kitekat ist immer im Handgepäck.)

Humor

Wir haben bisher Marlens Ausweichquartier für Verdrängtes kennengelernt: den Traum. Sie verfügt weiters über ein hohes Maß an Humor und Selbstironie, um nicht in den Abgrund zu stürzen. So findet sie z. B. ein Bild für die banale Anziehungskraft zwischen den Geschlechtern, der sie sich nie zugehörig fühlte. „Die Frauen sahen ein bißchen aus wie Bienen, rundlich und mit blonden Haaren an Armen und Beinen und den Nacken hinunter. Ich glaube, sie trugen am ganzen Körper einen flaumigen Pelz. Die Männer sahen aus wie Hummeln, in braunen Pluderhosen, ihre Stimmen waren tief und brummig. Auch ein paar schöne Hornissen gab es, glänzend und gefährlich und immer hinter den blonden Bienenfrauen her." (*Die Mansarde*) Die Interpretation liegt auf der Hand, und man spürt wohl, daß sich Marlen – trotz aller Ironie – ein bißchen leid sieht, nicht zu diesen Bienenfrauen zu gehören, zu den Nutznießerinnen ihres Geschlechts, sondern zu jenen, die Widerstand leisten und notfalls ihren Stachel ausfahren.

Marlen ist kreativ im Erfinden von anziehenden Weibchentypen, sie erkennt in ihren Geschlechtsgenossinnen unter anderen geschmeidige Katzen, seelenvolle Hündinnen, mütterliche Kuhfrauen mit großen Gefühlen, amüsante Ziegendamen oder die extravagante Gattung des Bachstelzenmädchens: „ … mit einem Hälschen so dünn, daß er es mit einer Hand fast umspannen konnte, jettschwarzen runden Augen, einer spitzen Nase und mageren X-Beinen. Sie hatte eine Art, mit den Armen wie mit Flügeln zu schlagen und das Köpfchen ruckartig hin und her zu bewegen, die ihn in Entzücken versetzte." Als es einem Rivalen gelingt, mit diesem Wesen drei Kinder zu bekommen, kann es der verschmähte Mann nicht fassen, wie dieses Kunststück der Zeugung gelungen sein sollte, es sei denn „es wäre in Windeseile geschehen, im Vorbeifliegen sozusagen." (*Der Wüstling*)

Humor beweist Marlen auch in ihrem Text *Für eine vergeßliche Zwillingsschwester*, unter dessen Deckmantel sie sich seitenlang über sich selbst lustig macht. Zum Beispiel: „Marlen Haushofer las am liebsten utopische Schundhefte", oder „ihre größte Begabung war Möbelrücken, ... sie war eine Schriftstellerin mit der Seele eines Möbelpackers" und „Marlen Haushofer hätte es weiter bringen können, aber ihr Unglück war ein angeborener Widerwillen gegen mühsame oder langwierige Arbeiten, ... sie war eitel, wie jeder Schriftsteller, aber ein gütiges Geschick hat sie davor bewahrt, berühmt zu werden, sie hätte das damit verbundene hektische Leben nicht ertragen." Aber selbst in diese köstliche Selbstironie bricht ein Schatten ein, wenn es zum Schluß heißt: „Marlen Haushofer, meine Zwillingsschwester, hat sich zu einem langen Schlaf zurückgezogen, und wir wollen ihn diesem schlafsüchtigen Wesen von Herzen gönnen."

Antithesen

Das wäre der geeignete Moment, um sich von Marlen Haushofer zu verabschieden, aber es bleibt noch hinzuzufügen, daß sie in ihren Texten auch stilistische Ordnungsstrukturen einführt.
Um Widersprüche unter einen Hut zu bringen, das Nichtvereinbare in Gegenpolen zu vereinen, erfindet sie das Mittel der Antithese. So behauptet Marlen, daß ihr in trauriger Verfassung die heiteren Texte gelingen und umgekehrt. Oder sie sagt, ihrer Erfahrung nach arbeiten faule Leute am meisten und sie sei ja bekanntlich eine sehr faule Person. In der *Mansarde* heißt es: „Ich neige dazu, mir unwichtige Dinge zu merken und wichtige zu vergessen" oder: „Ich löse am Tag oft 20 Kreuzworträtsel, aber je mehr ich löse, desto weniger verstehe ich von der Welt." (*Das Kreuzworträtsel*)

Der Duft eines Mädchenkörpers ist „anziehend und abstoßend“ (*Eine Handvoll Leben*), eine Gewißheit ist „tröstlich und beängstigend“, ein Leben ist „zugleich seicht und tief“, „gute, ehrliche Feindschaften“ können sich in „schlechte, falsche Freundschaften“ verwandeln (*Die Tapetentür*).

Marlen Haushofer beneidet die heile Familie, wenn sie ihr anderswo begegnet, aber sie mißtraut ihr ebenso. „Manchmal spielen wir Familie, das ist komisch und traurig zugleich.“ (*Die Mansarde*) Oder auch: „Die liebe Dame ist glücklich, mir ihr glückliches Familienleben schildern zu können, und ich bestaune sie gebührend. Aber zu meiner Erholung bilde ich mir ein, daß in dieser Familie furchtbare Dinge vorgehen, geheime Umtriebe und Schurkereien. ... Nach dem Besuch der lieben Dame freue ich mich niemals mehr, daß ich im Gegensatz zu ihr so verdorben und ruiniert bin.“

Die großen Unvereinbarkeiten gibt es auch im Wesen Mann. In *Wir töten Stella:* „Richard war ein Ungeheuer, fürsorglicher Familien-

vater, geschätzter Anwalt, leidenschaftlicher Liebhaber, Verräter, Lügner und Mörder."
Am durchgängigsten vollzieht sich die Antithese jedoch in Marlen selbst und in ihren Frauengestalten, Frauen zwischen Anpassung und Selbstverwirklichung, Frauen, die sich nach Wärme und Zärtlichkeit sehnen, aber unfähig sind, diese sinnliche Beziehung zu leben, weil sie die sexuelle Genugtuung des Mannes als existentiellen Lebensimpuls nicht nachempfinden können. „Alles, was zwischen Männern und Frauen geschieht" ist „sehr sonderbar" und „ziemlich unverständlich." Oder: „Ich legte keinen Wert auf einen besonders guten Ruf und tat alles, was mir gefiel, nur daß mir das, was ich tat, nicht wirklich gefiel." (*Die Mansarde*)
Die wie ein roter Faden durchgehende Antithese Erinnern und Vergessen ist rettend und bedrohlich zugleich.

Marlen Haushofer

Bildbetrachtung

Eine Fotographie Marlen Haushofers aus den Fünfzigerjahren zeigt die Ambivalenz, das Zwiespältige ihres Wesens sehr anschaulich. Aus ihrem Blick spricht die Sehnsucht nach dem Du und zugleich das Verschreckte, Ablehnende, diesem Du am Ende nicht genügen zu können. Es ist der scheue, neugierige Blick eines Rehs, das sich bis an die Lichtung wagt, aber in der ersten Sekunde einer fremden Annäherung den raschen Rückzug antritt. Es ist der Blick aus einem Aquarium, hinter dessen Glaswand man geschützt betrachten und betrachtet werden kann. Ein Kopf wie aus Porzellan, dem man aus der geringsten Unachtsamkeit einen Sprung zufügen könnte. Stark und verletzlich zugleich, Augen, die dich durchschauen, durch dich hindurchschauen und deinen Blick magisch anziehen. Instinktives Wissen gepaart mit

Ratlosigkeit – so jedenfalls wirkt ihr Blick, der sich so vielleicht erst durch das Lesen ihrer Bücher einstellt.

Ich verstehe, wenn die engen Verwandten und Freunde Marlen Haushofers, die sie gut bzw. besser gekannt haben, vielleicht manches von mir Geschriebene für entbehrlich halten und andererseits manches erwartet haben, worüber ich nicht geschrieben habe. Aber es ist eben so, daß Menschen, mit denen man sich beschäftigt, mit einem machen, was sie wollen, und so hat mich auch Marlen Haushofer in eine bestimmte Richtung beeinflußt – was sicher nie ihre Absicht gewesen wäre.

Das allerletzte Wort

… soll Marlen gehören und mag als Selbstinterpretation gelten:
„Eingesperrt in mir lebt immer noch ein kleines Mädchen, das sich die Zehen wärmen will und herumtanzen möchte. Aber man hat es eingesperrt, das passiert allen Mädchen, die nicht aufhören können, kleine Mädchen zu sein. Es liegt wirklich nur an mir, wenn ich mich mit der Gegenwart nicht abfinden kann.“

Dank

Ich danke dem Verlag Ennsthaler für sein Vertrauen, Dorothea Forster für ihre Freundlichkeit, Sybille Haushofer für das Überlassen der beiden Fotos und ihr Wohlwollen, Till Mairhofer für das Lektorat, Heinz Ofner für seine Ermutigung, meinen Essay zu veröffentlichen.

Marlen Haushofer
Lebenslauf

Marie Helen Haushofer wird am 11. April 1920 in Frauenstein als Tochter eines Revierförsters geboren. Sie erlebt mit ihrem Bruder Rudolf eine ländlich-idyllische Kindheit. Der Ort dieser Kindheit wird später unverwechselbare Vorlage ihrer literarischen Landschaften.

Nach der Volksschule kommt Marlen in das private Mädchengymnasium nach Linz: ein schwer verkraftbarer Wechsel vom freien, naturverbundenen Leben in die Strenge klösterlicher Erziehung. Sie wird wiederholt krank, verbringt fast ein Jahr in einer Lungenheilanstalt. 1929 legt sie die Reifeprüfung an einem öffentlichen Gymnasium ab und wird schließlich als ‚Arbeitsmaid' nach Ostpreußen verpflichtet. Ab 1940 studiert sie Germanistik und Kunstgeschichte in Wien. Sie erwartet ein Kind, bricht das Studium ab, Sohn Christian kommt 1941 zur Welt. Eine Verbindung mit dem Kindesvater ist Marlen nicht möglich. Christian wird die ersten fünf Jahre seines Lebens von der Mutter einer Freundin großgezogen. Unmittelbar nach Christians Geburt heiratet Marlen den angehenden Zahnarzt Manfred Haushofer. 1943 kommt der gemeinsame Sohn Manfred zur Welt. Ab 1947 lebt Marlen mit ihrem Mann und ihren beiden Söhnen in Steyr. Marlen schreibt und veröffentlicht ihre ersten Kurzgeschichten, versucht die Schriftstellerei mit ihren vielfältigen Pflichten unter einen Hut zu bringen Sie findet Anerkennung und Förderung bei ihrem Kritiker und Förderer Hans Weigel in Wien. 1952 wird sie mit dem Staatlichen Förderungspreis ausgezeichnet. Wien wird zum fallweisen Fluchtpunkt aus der bürgerlichen Enge der Kleinstadt. Es folgen weitere Preise, als höchste Anerkennung erhält sie 1968 den Österreichischen Staatspreis für Literatur.

Mitte der 1960er Jahre erkrankt Marlen Haushofer an Knochenkrebs. Sie stirbt nach einer Operation am 21. März 1970 in einer Wiener Privatklinik.

Gertrud Fussenegger

Eggebrecht

Fünf Erzählungen und andere Texte
Edition Neunzig des O.Ö. P.E.N.-Clubs

ISBN 978-3-85068-372-2
Format: 12 x 19,5 cm, 120 S., br.

„Ich möchte Ihnen heute eine Geschichte erzählen, die sich vor einigen Jahrzehnten in meiner Heimatstadt F. zugetragen hat; ich erzähle die Sache, wie sie mir zu Ohren gekommen ist, und ohne eine der sogenannten dichterischen Freiheiten zu nehmen, zu denen wir Schriftsteller doch immer wieder versucht sind, obwohl wir ja längst erfahren haben müssten, dass das Leben in seiner allgegenwärtigen Inständigkeit kühner erfindet und folgerichtiger zu Ende führt als unsere Phantasie das je vermöchte. *(aus: Das Spiel der Corarès)*

Ennsthaler Bücher für ein bewusstes Leben